名流詩叢 40

街頭詩

——葉飛‧杜揚詩選

Poetry on the Street

Selected Poems by Efe Duyan

破碎的瓶子和他周圍的柺杖
我設身處地為他著想
明白走路本身就是幸福啦等等……

我知道每個孩子都有無法解答的問題
幸福的結局只存在於後窗灰塵中

但首先，就像城市上空飛翔的海鷗
我們必須用石彈逐一狩獵
因為我們在附近所知事情令人懼怕
然而必須去找出問題所在

〔土耳其〕葉飛‧杜揚（Efe Duyan）◎著
李魁賢（Lee Kuei-shien）◎譯

從水手結和革命到葉飛‧杜揚的詩
From Sailor's Knot and Revolution to the Poems of Efe Duyan

馬惕雅思‧郭立智 Matthias Göritz

　　這是土耳其詩人葉飛‧杜揚所創作四本詩集中迄今享有盛譽的作品。回聲箱在我們面前，也在我們內心。布萊希特（Berthold Brecht）、希克梅特（Nazım Hikmet）或蘇雷亞（Cemal Süreya）的詩以回聲箱出現，作為傳統廣告，在此時此地精確觀察的語言星座中再度消失。閱讀杜揚的詩呈現偉大情詩和偉大政治詩，就像穿過廢屋、暗街、熱鬧房間，和消失在地平線的大道。

　　杜揚1981年出生於伊斯坦堡，令他愛恨交加的城市，像許多伊斯坦堡人一樣。杜揚是希南建築師大學（Mimar Sinan）教職員，擔任建築學教授，經常出書、舉辦討論會，活躍於詩人團體，在他最近創辦的《伊斯坦堡》文學雜誌外圍，形成非網聯線，他勤於

翻譯詩、旅行和建立文學網絡。難怪杜揚的詩常常類
似建築設施，展示引人入勝的地基，其特徵在於重複
結構，一再出現極其新鮮事物，讓你有如已從房屋外
面觀看很久，正要走入屋內，又不敢進去。

　　杜揚在《常遇到的問題》網路詩〈彼此〉和〈但
願〉中，明白如何建立簡單基本元素文本的節奏，愈
加分枝外延。

　　　　但願我們能夠——
　　　　像瑞士軍刀隨身攜帶
　　　　天堂和地獄

　　　　但願我們能夠——
　　　　把我們惡性
　　　　端賴名言和特效
　　　　化為同情

　　　　但願我們能夠——
　　　　把好主意
　　　　周圍的懶散
　　　　壓抑到清潔劑水裡

　　　　但願我們能夠——

讓我們善意
帶著鋼鉗

　　杜揚寫到希克梅特，這位土耳其現代詩的第一位
前衛詩人（也是第一位流亡者），他有能力用抽象的
政治概念，寫出非常具體情感的詩。這也是杜揚詩作
的特徵。

古代愛琴海從第一場乞雨
就說「一切順暢」
但沿河到處
貧窮相同，就像胎記

（……）
你注意到阿西河
已經伸手到敘利亞膝上

如果你問我，馬里查河是
在父母之間睡不安寧的孩子

至於薩卡里亞和蘇蘇魯克
是近親，久久才彼此探訪一次
就像國內庫德族和土耳其兩端的對話

雖然天天一切順暢
底格里斯河和幼發拉底河手牽手
難道你不覺得，很像從非洲運送來的
那些紀念照片中戴著腳鐐的奴隸？

　　杜揚詩作釋出層層比較，探索現實世界的可能
性。在杜揚詩裡出現的關係、友誼、工作環境、政治
抗爭，不僅是事件和感情，而且又具體又堅定，不能
僅就語言來看，何況還表現優越；杜揚的詩將會繼續
發揮；但願能走上街頭對抗──不然就衡量客廳的幸
福表面。

　　　我們需要一張單人床：
　　　我想80公分足夠啦
　　　一個小機場：
　　　做客廳
　　　一組1：100的地獄模型
　　　我的地方保證是這樣
　　　一區種滿未修剪植物的菜園：
　　　這是為廚房方便

　　杜揚一再撰文論其詩的希克梅特說過：「蓋房子
不比唱歌／工作更難／是更難／但房子會長大」。希

克梅特於上世紀20年代在莫斯科念書時，因幸遇馬雅可夫斯基和俄羅斯建構主義者，獲得詩作成就，他的經驗在杜揚詩中轉型為在關係內部和街頭運動。

> 革命也是
> 像宏大計劃
> 無法詳細描繪
>
> 像準時火車
> 提供和平
> 一旦出發永不回頭

建築如此迷人，因為是平衡的藝術；建築創造我們生活的空間，同時需要抽象和具體。杜揚的詩正是如此。用詩句設定房間，充滿現實考量、充滿細節、充滿前瞻與後顧。詩本身會邀約體驗，或許也會抽離自己，再重新匯聚。活在文字最佳條件，具有美麗的本體論特性，部分是我們需要彼此顯示進出語言之道。

> 水手結，誠然容易解開
> 　如果找對位置拉

信然。人若找到正確癥結——他就自由自在。

目次

早晨的回聲 *The echo of morning*

來自
猶豫的百合
向清晨舉起花瓣

來自海鷗逆風之翼
準備就緒
要獵食

來自雨聲淅瀝
在排水溝裡潺潺
渴求方向

來自空心凳的鹹味木料
遠眺大海
每天一點一點龜裂

來自卡德柯伊區[1]渡輪
遲到的船螺聲
兩短一長
來自開始抗議集會的
掌聲

以致妳禁閉嘴裡的呻吟
在做愛後
久久
才恢復

譯自 Neil P. Doherty 英譯本

---

[1] 卡德柯伊（Kadıköy），在土耳其伊斯坦堡亞洲側，位於馬爾馬拉海北岸的市中心，也是住宅商業區和文化中心。

眼睛結構 *The structure of the eye*

我的眼睛
賜名
在你皮膚上的污點
像古代天文學家
注意一切可能相似

在你手腳
每次變色之前
鞠躬致敬

她們用睫毛
汲你背上的汗水
試圖塞入瓶內
增加本身的白色

然後潛入
你內部
游過

光束
滲入到
你的角膜

記錄你所見
把一切反映在
牆上銀幕

去
吻你
在那邊你的
盲點上

譯自Neil P. Doherty英譯本

螞蟻趕忙 *An ant scurry*

世界末日近了
這太亮的西南風
打到我們臉上，引起偏頭痛

有時我們夢想成真
在脛骨上遺留長線條
濃厚藍膿融化縫線和點滴
貓從室內抓窗
要你打開

我把所有關於革命的想法
當做某些起泡片劑
在我上床前丟進水裡
有些原因讓我真正喜歡費爾巴哈的論文
然後我把想要記住的夢想
塞入水瓶內

我正觀看螞蟻趕忙

為長篇演講

勤做筆記

我準備

在世界末日來臨時

像鷹一樣

心臟剛剛停止

還可在空中飄舉片刻

譯自Neil P. Doherty英譯本

妳我之間 *Between you and me*

我們種植的土木香
葉子正在長芽
蒸煮飲用時會導致
短暫失明

妳我之間
兩棵橄欖樹擺姿勢要廝殺
在植被下方
卻彼此盤根纏綿

妳我之間
呼吸的距離
在極其喧譁中阻絕

妳我之間
碘摻混在水泥粉塵中的惡臭
兩手拖曳我們

妳我之間
星期天的慵懶
把其他日子都調合拍啦

妳我之間
希臘茴香酒杯在冰上泛白
因為我們自我滿足於
生命實在短暫

妳我之間
我們自己時時刻刻
經常笑到倒地

妳我之間
沒有警告字眼
像是某些不合時宜的歌
開始默默無聲

妳我之間的空虛
沒有一絲光線不能進入
沒有傳達圖像只有心跳
在破曉時喚醒我們

妳我之間的空虛
快速學習
妳我之間所有一切……

譯自 Neil P.Doherty 英譯本

彼此 *To each other*

水手結，誠然容易解開
　　如果找對位置拉
也許，會像冒出的胚芽

有時在失調的鋼琴上
　　輕緩快板
有時從懸崖邊緣全速
　　落底

使用多彩晾衣繩
　　不會遠離我們鄰居
像漂移大陸板塊
　　每次只是一小步

用小學制服的頂部鈕釦
　　看，要多久──
像兩條蛻皮的蛇：
　　每次季節，又是

在深海幽暗中
　　好奇
也養成習慣
　　像早晨的咖啡

像狐狸鼻嗅到
　　兔子的體臭
像兔子耳聞到
　　狐狸的足音

恐怕炸彈
　　會隨時爆炸
加上擔心牛奶
　　不夠調配咖啡

像墓碑
有人仔細洗刷那塊墓碑
不管發生什麼事

誰知道，也許因為我們守住革命
卻一起轉變成反革命

保持我們信念
勿渴死

懼怕
附帶

我的皮膚
摩擦妳皮膚的聲音

陽光下把我們耐心堆積的
乳酸曬乾

用我們自己
妳我彼此

拉住的
傀儡線

譯自Tara Skurtu英譯本

常遇到的問題
Frequently Asked Questions
（2016）

但願 *If only*

但願我們能夠——
隨身攜帶天堂和地獄
像瑞士軍刀
但願我們能夠——
把我們惡性
端賴名言和特效
化為同情

但願我們能夠——
把好主意周圍的
懶散
壓抑到清潔劑水裡

但願我們能夠——
讓我們善意
帶著鋼鉗

但願我們能夠——

讓孤夜的
不安
有如與某人廝守

但願我們能夠——
把生命造成的災難
在邏輯架構內
成為熱戀

但願我們能夠——
跑步越過
異教寺廟的頹牆
在此做愛

但願我們能夠——
使我們童年
像邊緣破掉的
廉價禮物

但願我們能夠——
把但願造成的破壞
做為具體實例
安慰我們

但願我們能夠——
大家活在
同樣的時刻

但願我們能夠——
不要把所有麻煩
拖延到引起大革命

但願我們能夠——
親自逐一
經歷所有死亡

但願我們能夠——

讓無意識本身
如剃刀刀片

但願我們能夠──

譯自Tara Skurtu英譯本

裝潢建議，或屋內重要的是什麼？
Decoration suggestions, or what is important in a house?

我們需要一張單人床：
我想80公分足夠啦
一個小機場：
做客廳
一組1：100的地獄模型
我的地方保證是這樣
一區種滿未修剪植物的菜園：
這是為廚房方便

我們還需要一座老式布穀鳥鐘：
我們有足夠時間浪費
一個損壞散熱器：
我們似乎無法拯救世界；以此為象徵
一處隱蔽角落：
好讓我留下筆記等死後供妳閱讀

以及一台測謊器：
以便隨時測試，哈哈！

一台信託器：
我們經由新清真寺收支
一台擔心器：
我們下班後拎著像沉重提包
一台嫉妒器：
幫我們烹飪加油添醋
一台恐怖器：
我們互相擁抱像兩粒塵埃在空中相撞
一台被褥器：
我們已經相互取暖；所以不需要

一台兒童機器：
做為全心向學的生命身高標度
一台時間機器：
十年後我們走到第一次出門的那天夜晚
我們一言不語已經改變
回到我們的王國
目前時間機器：

鏡子在牆上對我說話——

一台奴隸機：
讓我們跟隨自己清理
一台修指甲機：
對妳來說是特例
一台睡眠機：
在妳床側水杯上寫文章
一台歡樂機：
投幣式
一台鎮靜機：
把兔子從帽子裡拉出來
一台售票機：
旅行包擠滿到闔不上
而妳赤身露體在鏡子裡對我眨眼

一台機器機：
讓我們發送明信片慶祝大自然複雜性

一台妳機器：
可以測量未完成畫作的色彩比例
或者在我的腳碰到海底游泳背景時發出嗶嗶聲
我們不急，可以繼續倒更多茶水
或者安排妳會遲到的約會，讓我享受等妳的樂趣

妳，（作為柏拉圖主義者的夢想）隨歲月流失誰
　　會留住妳
妳，（端賴馬克思主義者的好運）水在河裡暢流
妳，一個薄鑽錐
妳，一個黑盒子

什麼是屋裡重要物？
我們甚至不需要快樂
只要嬰兒咿咿呀呀

譯自James Vella英譯本

革命間的相似性
Similarity between the revolutions

革命也是
像宏大計劃
無法詳細描繪

像準時火車
提供和平
一旦出發永不回頭

像自殺
在任何情況下
鍛造我們之間無以為名的結合

像至交
也可用來彌補我們自己缺點

像嬰兒高興尖叫
永不疲倦

像我
他們——說實話——不喜歡人群

像我們大家
說謊向人人問好
像所有神祇
深信能夠在幾天內創造世界

像你突然發現自己
與奴隸的關係

像女人
你只能假設理解她們

像情人
只會讓你失望

像柏拉圖式愛情
畢竟很美

譯自James Vella英譯本

要保存的項目清單
A list of items to save

1.

我留下未吃完的巧克力棒，當做幸福的空洞承諾

2.

去年夏天我遭到襲擊的胡椒噴霧劑，大致有一百萬克分子量

3.

我沒有給乞丐總金額，自己感到不舒服

4.

我喝過的葡萄酒量，有一湖水之多

5.

我對她微笑的唯一女人，成為感動我當下的相簿

6.

定格在死者角膜上的最後意象，以jpg或pdf檔保存

7.
他們聽到的最後聲音，可能是尖叫聲或笑聲

8.
他們最後感動的事情，與做愛攪混在一起

9.
他們最後品嚐的東西，存進銀行

10.
他們最後聞到的，是在香水瓶內

11.
我說過的一切
好像是香菸空盒上
沒人注意的警語

12.
我經歷過的一切
呈不流通硬幣
在卡德柯伊區市集非法櫃枱下待售

13.
而愛情，
在橡木桶中久釀
有些部分捐給兒童保護協會
其餘都在酒吧裡喝掉啦

譯自James Vella英譯本

一 詩屹立

One Poem Stand（2012）

呼叫中心 *Call center*

你好
為了首次遇見學友的日子
請撥打你的幸運號碼
為了繞操場跑不累
請隨意按下數字
為了小餐館的火熱窗戶
請撥打上次家庭暑假年度

每個人都有時會感到不好意思
不想把為此挑選的數字告訴任何人
為你在大學草坪上享用茶配糕點的早餐
放下接收器，走到陽台上
如果你想抱怨時間恐怖飛逝
請大力壓下按鈕
如果你意識到完全不像他那樣記得你的祖父
就照照鏡子

為了二手書店蒙塵書的霉味
說出文盲勞工姓名的第三個字
為了你鄰居裁縫師被發現死得衣衫不整
請稍候

為了那難以預料的時刻
你會在睡夢中碰觸女人的脖子，
請一再重複撥打相同號碼
在嗶嗶聲之後

分手後翌日
在你的筆記本上寫一百次
「我再也不會墜入愛河」

嗶嗶

譯自Bill Herbert英譯本

俄羅斯式愛情*Russtylove*

我稱妳甜蜜奧芙斯基
不是從俄羅斯小說學會戀愛

妳睡在我身邊的初夜
在我腦海裡，是用楔形文字書寫
不，不，像是岩洞壁畫

開始時我讓妳稍待片刻
請原諒

如今我已經隱瞞妳的名字
妳不會知道為什麼

妳編織的圍巾已經完成一半
就放著，等到明年冬天
這樣妳的孤單，也只有局部

某天早上妳送給我的青蘋果
成為我們之間的通關密語

讓妳的眉毛生長
自命不凡的樣子嚇壞我
就像建築和詩那樣

妳腿上滿是童年的傷痕
我們輕易就做愛
彼此相愛
耐心像妳成長中的頭髮

但我還是會搞錯
俄羅斯小說中長長的綽號

譯自Richard Gywn英譯本

想像的對話 *Imagined conversation*

妳問為什麼
——或許因為妳有幾絲白髮
像疤痕
或皇家紋章,
像可怕的回憶或虛無縹緲的勸告,
難過的白天、失眠的拂曉
全部在妳臉頰留下痕跡。

妳問為什麼
——因為妳的纖手可以瞬間變魯莽
我不談某些魔術師的技巧
但脫掉緊身衣,裡面還有襯衫⋯

妳問為什麼
——因為妳經常飛揚的頭髮
是每一個童話中被單的皺紋;
因為我真正在找的是被領養的公主,

那隻青蛙被吻後依然是青蛙。
你知道童話只適合孩子嗎？
我已經不是孩子啦。

還有什麼？
因為妳引為自豪的黑色單件洋裝，
妳分發出去的大怪笑像傳單，
因為那件洋裝和廝磨妳腿部的小貓都適合妳
──甚至連小貓？──
因為我不知道
是否會在夜裡被妳的嘴唇嚇到
像反向流動的河流
或弄得一團糟
或像白痴為妳跌跌撞撞。

我只告訴妳一次
別再問我

我心有點砰砰跳
再見。

譯自Sian Melangell Dafyd英譯本

我對妳是？*Am I to you?*

我離妳遠嗎？不遠吧
巴士加渡輪加電車而已

我被禁止見妳。沒有誇大
每當我凝視妳的美目
在新挖隧道的他端

我對妳是孩子，隨便吧
我喜歡和妳同在時，討人厭

小姐，我對妳渴望
我知道，有時是庸人自擾

我對妳傾心，別動
就像一波湧入另一波裡

我對妳是晝夜
躊躇的臭狐

我對妳思思念念
我們相見不晚，對吧？

我對妳可能惹惱
妳想要再從頭開始嗎？

我對妳是一張白紙
新削鉛筆的氣味

我對妳如今是
剛修理好手錶的熱情

我跟隨妳，永遠跟妳，妳跟妳

我對妳是「走吧」
確定嗎？

我對妳是提出的
基本問題

譯自Robyn Marsack英譯本

六月詩篇 *June Poems*

（這些詩篇是根據土耳其1970年革命時代的真實事件）

占領烏盧斯報社 Ulus newspaper occupation

布萊希特會問
這中間有什麼區別

他寧願不瞭解
而他瞭解但不聲不響

據貝克特說
最大的機會已經錯過啦

根據聯盟
這不是計劃行動

根據回憶
人民相信無法實現的美

根據革命分子
每樁革命行動都合法

根據我祖母
我應該放棄這一切事

我真正要知道的是
記者和排字工人是否
與最初占領者發生衝突？

根據排字工人
他們激起書的悲劇結局
注定要被沒收

根據記者報導
這是必須審查的新聞快報

根據新聞台
被漠視真奇怪

根據版面
被封鎖幾乎心安理得

大灰鬍子
在這些人之間奉茶

根據他們最壞打算
一切都會有不良結果

根據自己感受
他們已經封鎖在一再收縮的康嘉舞中

如果我們回到布萊希特
他會說這一切都取決於佔領者

在他點燃雪茄之前

譯自Richard Gywn英譯本

在軍人拒馬中跨越兒子前進的工人
The worker who comes across his son in the
barricade of soldiers

我喉嚨已乾
但似乎還沒有要安靜下來

我喉嚨結繭
可以攜帶銀盤內標語牌

我喉嚨是膽小走索者
不知道在軍人拒馬前只有
向前邁進
才可能立在繩上

我喉嚨嚇昏啦
軍人頭盔
用我們的風在揮舞

我喉嚨是瞎子
那不是我自己的兒子
躲在軍裝裡
用步槍指向我嗎

我喉嚨與我雙腿賽跑
像流氓兒童喧囂
跳越過拒馬

我張大喉嚨
擁抱兒子

我喉嚨打結
自得其樂

我喉嚨裂開
其他五個人的鮮血

紛紛滲出

譯自Richard Gywn英譯本

杰維茲利菸廠的穆罕默德和奧斯曼
Mehmet and Osman from Cevizli cigarette factory

穆罕默德成為父親時
變成另一位興奮的穆罕默德

穆罕默德結婚時
擁有另一位害羞的穆罕默德

他在必要敦促下
也簽署持懷疑態度的穆罕默德

所有的穆罕默德都精神飽滿
在他旁邊的奧斯曼擁有眾多奧斯曼
穆罕默德不知道

有一位自我犧牲的穆罕默德嗎？
——穆罕默德不確定——

但有槍指著他的一群朋友時
他毫不猶豫

奧斯曼當中的祕密奧斯曼口袋裡放警察證件
第一次握著菸草工人的手
——穆罕默德當中的死亡穆罕默德——

替失去穆罕默德的寡婦傷心
頑固的穆罕默德走到塔克西姆廣場[1]
在奧斯曼提交辭職信時
撕掉他最後的遺憾

在死亡面前固執是美事
死後依然

譯自 Richard Gywn 英譯本

---

[1] 塔克西姆廣場（Taksim）位於土耳其伊斯坦堡的歐洲部分，是政治抗議示威的
重要場所，廣場上有共和國紀念碑。

四名工人如何從埃由普警察局釋放
How the four workers were released from Eyüp police station

上鎖，咔嗒，污穢的黃燈。

你怎麼形容裡面？

a）待在牢房裡，保持襯衣乾淨

b）用怨嘆的雙手整理頭髮

c）若放棄自己的信仰，就更容易知道萬事

d）以上皆是

經過一萬年，幾十年，直到昨天。

如果我們相信歷史書，他們會：

a）避免彼此目光接觸

b）受到驚嚇時偷偷溜走像老鼠

c）即使害怕，也要鼓起傳奇英雄氣概

警察局外面，不耐煩的耳語。

群眾看來非常異樣：為什麼？

a）正在進行最不尋常的慶典

a）正在流傳國王被踢屁股的故事

a）有人提到澳洲懦弱的獅子

a）因為在舞蹈開始之前彈指擊聲

接著發生什麼事？

a）用鮮為人知的標語解開手銬

b）在他們還算清新的襯衫上縫新姓名

c）或者，實際上也是，把他們疏散到中毒的伊斯
　　坦堡街上

譯自Richard Gywn英譯本

訃聞 Funeral notice

亞沙爾·耶伊爾德勒姆

告別式已在

……年……月……日，在……舉行

儀式由……

主持

精心保護的紙牌屋

不介入的藝術

沒有承諾

任何事

以不信任雪球

所不涉及的

麵包和飽和烴

培養的苦味

在陽光下消失了

沒有驚奇

直到目睹工廠佔領
自滿被推翻

那天削掉的皮膚
有待慢慢學習的語言
突如面對死亡
在叛逆的奇妙危險柏油路上
男人
踏出一步

我們愛他
也
會忘掉他

譯自Richard Gywn英譯本

看剪報 Looking at the newspaper cuttings

自1970年提案以來，旨在防止革命工人集團聯合會（DİSK）茁壯的法律修正案，在工人階級當中引起負面反應。6月15日，四組抗議團體開始沿安卡拉高速公路遊行，從埃由普（Eyüp）到切恩德勒（Cendere），從切克梅塞（Çekmece）到托普卡匹（Topkapı），從列萬特（Levent）到博雅斯（Boğaz）。同時，大批群眾擁擠到安卡拉（Ankara）、科賈埃利（Kocaeli）和伊茲密爾（İzmir）街道上。例如，工人們

正在用銅纜線包圍整個城市
　　——我們
把他們長長的白鬍子倒入鋼模中
　　——我也是一份子嗎？
將施工灰塵撒在他們的書上
　　——那麼，今天他們在哪裡？

在安卡拉，烏盧斯報社和印刷廠被佔領兩小時。憲法抵抗委員會向國會發出一萬多封抗議電報。當四名工人在伊斯坦堡的阿爾貝科伊（Alibeyköy）附近被捕時，工人們

以塗眼影的眼睛在捲線軸
　　——讀古老革命故事好生奇怪
像頑皮小孩掏出大桶殺蟲劑
　　——我們
好心從隱藏處清洗癢煞的蕁麻
　　——如果他們曾經做過⋯

圍攻埃由普警察局，迫使被捕工人獲釋。另一群抗議者跨越軍人拒馬，包圍總統兄弟擁有的工廠。工人們，

宋格拉鍋爐廠內的夢遊者
　　——我也是一份子嗎？

安巴拉吉製造廠的熱心工人們
　　——正在讀古老革命故事
艾卡剎車蹄片廠內塑膠味吸癮者
　　——如果他們曾經革命過……

來自伊斯坦堡各個角落，專心聚集在塔克西
姆廣場。和許多其他通衢大道一樣，加拉塔
（Galata）和溫卡帕尼（Unkapanı）橋梁已封閉。
然而，許多工人乘船越過金角灣，繼續到塔克西
姆參加遊行。6月16日上午，工人們

賣掉他們收集在維他罐頭工廠內的廢棄物
　　——他們還敢嗎？
在哈思塔斯印刷廠的內賊
　　——我們
那些可能在伊茲密特飛利浦偷燈泡的人
　　——又是我們

繼續試圖去塔克西姆。但警察阻止他們前進，並且在錦契理丘悠（Zincirlikuyu）開始用棍棒對付女性抗議者。埃由普、卡基塔涅（Kağıthane）和希什利（Şişli）所有道路都已封閉。警察剛剛在卡德柯伊（Kadıköy）開槍後，工人們

在梅波林油漆廠工作的貧民區不眠居民
　　——我也是一份子嗎？
今天早上沒有擦亮鞋子的上班族
　　——我們
小心翼翼首先斷電的人
　　——嗯，今天他們在哪裡？

摧毀幾部警車、正義黨（AP）總部、詮釋報（Tercüman）招牌。在兩天的過程中，那些要命的日子裡，每人在內心找到另一位自我，來自168個工作場所的15萬多名勞工參加示威遊行。最後，

從天上掉下三粒蘋果
一粒同意那些回家關百葉窗的人
一粒同情那些看透事件的人，
不管有無遺憾
第三粒發現反叛之美

6月17日，政府宣布戒嚴令。雖然為1971年的軍事
政變鋪就道路，但引發示威活動的法律修正案終
於取消啦。

雖然這場生動的行列沒有永遠持續下去
在這一天破掉的手錶
依然指示同一時間

譯自Richard Gywn英譯本

1970年6月17日戒嚴令惡夢
A nightmare of the June 17, 1970 martial rule

那些菜鳥年輕工人
和靠枴杖支撐的老人
已經帶著船鈴聲
走遍整個城市

一起橫衝直撞的小孩
在學校課堂念書
還沒正常讀完
就回家啦

已經張開翅膀
輕觸一下眾妙之門
為了吐出

口中的鐵鏽

譯自Richard Gywn英譯本，但不照割裂文字方式

蘇爾迪比詩篇 *Surdibi Poems*[1]

1. 貧窮埋沒史 The buried history of poverty

為什麼我要牢騷這些話？
走在蘇爾迪比城牆下
不吹口哨，因為我知道
我愈來愈老，只能
孤獨與孤獨對答。

當時世界是初學者，不耐煩
按照我們步驟所設定回顧。
如今，在這種同情心氾濫下
我們像飛塵般碰撞——
廢料場學徒無可奈何散佈
在曲折街道——就這樣。

在拜占庭長滿青苔的牆壁，

---

[1] 譯自 Raman Mundair 編輯，Georgina Özer 英譯本。

或是托普卡匹宮古老窗台上
有我們幼稚世界的痕跡嗎？
或者用故事美化的漁民
和未提及的石匠之霉史中？

現在這些不爽的汽車機工
抓住歷史臭味——
貧窮的原味真相，並且
用他們油膩手套禮貌獻出
要記住，我說記住
所以會相信你們。

我為什麼這麼說？
忘記我們在野蠻街上煽動自己。

因為就像一年四季
我們歷經突襲、移動、進攻、救援
再也永遠找不到長久以前留在

另一王國墳墓地所建造
這位蘇丹墓上的花卉。

2. 老兄，我們在這裡是外來人
We're strangers here, dear Sir

他說，他不是那種死人。
我一直瞪著他的臉看
表示反對嗎？
但老兄，這裡附近無可躲藏。
他知道在這些街上
每個人眼中都出現死亡嗎？

他拿出以前寫的一兩本總帳──
我俯身看，好像可以看得更清楚些。
老友，我們會掩飾，不會吧
我們會盡可能加以掩飾。

這裡，每條街都有廢棄房屋
千年歷史綜合在建築裡。我懷疑──
他喜愛活過的歲月嗎？接受

過去潦倒的日子。他說
葡萄酒還在灼傷他的喉嚨——慶祝此事奇怪吧？
我面臨甜蜜而猶疑不定的命運。

外面正在下大雪，我們全體排列
在生火的白鐵皮罐週圍
我們如今已非小孩。我想男人喜歡這樣
更是可憐，老兄，讓我們希望
黑人和失眠的保加利亞人不會往外衝
　讓我們希望難以理解的誓言不要在餘熱中碰撞
他不在乎已死，曾經在街上
——我不知道怎麼回事——我只是跟他停步交談
的人。

我現在正在想
如果我有幸運帽，也許，
我也不怕死。
現在我對這些部分生疏——

對這糟糕的世界生疏，也是好事——
這樣可以把我們腦中的結燒掉
我談到夢想自以為了不起，
無限的地圖等等——即使如此
也許沒有人會聽，對我來說還好啦。

外面正在下大雪
我一直在掌中摩挲歷史概要
我很怕，沒人聽？缺少有心人……

外面正在下大雪
但老友，沒有生命概要
這種寂寞火焰
總會找到可以燃燒的白鐵皮罐
起來反抗把鐵絲網融掉。

3. 孩子 Child

在這可惡的世界裡
若非我們不喜歡任何東西
便是我們咬掉的比咀嚼的多；
就像愛人民
不用寬恕
像要改變而不傷害。
因為沒有效果，
你小時候
沒試過，沒錯過。

一切必須忘掉
從文書上撕掉的第三頁剪貼
褪色泡泡糖包裝紙上的圖片
公共汽車終站公告板上著名的景點。

親愛的，做不到？對不對？

在那些貧乏難看的街道上
我內心裡的孩子
試圖吹氣球，
還會在晚上嗎？

去吧，問問他名字，趁媽媽還沒叫他回家

4. 腳踏車 Bike

遠離我熟悉的童年時代
小孩嘗試修理腳踏車破胎

我不得不停止上課

從我們在夏天遊蕩的街上
他習慣拿銅鐵的手中

從看著我們由頹喪老天
所保存廢物的貪婪眼神

從他像低層雲到處閒逛
想要擺脫的黑暗

看到我不知道如何去愛
我只好全部拋在腦後離去

有關勞工階級的所有書籍
我心裡明白，不再視同
沒有答案的革命愛情

我必須離開熟悉的童年時代
在山頂上碰巧腳踏車
剎車不靈啦

5. 我和閃光玩具 Me and my toy lightning flashes

好友呀，你以為這不會發生嗎？
我說過小小謊言，的確。
那像是口袋裡散亂的零錢
當然，我也撒過大謊。

在大夢想加大謊言的城市，我們明白，
人人的伊斯坦堡只屬於他們。
我則屬於幾位女人
——當然不具名——
她們都被趕出其他鄉鎮
好友呀，人人歲月都屬於她們
就像人人進行自己的生死：

對巴士司機而言，那是博斯普魯斯海峽大橋的
鋼絲羽毛，賦予他翅膀；
對退休警察而言

那是在政府機關前指著他頭部的手槍；
被女人丟棄的一些藥丸；

蘇爾迪比的路面是
流浪漢的眼睛，正在瞪著我看
你呀，就像朝天鼻的神，寒酸又假惺惺——
確實要好好觀看這個世界！

看看伊斯坦堡吧，
但不要去碰，只要看
像俯身天使一樣；新觀察
在夢中書的邊緣寫下新批判
伊斯坦堡在大衣裡——開始時禁止——
把少許鈔票藏在鞋內——不要啦。
他聽說過聖索菲亞大教堂——現在談談那建築特
　　色——

但是你和閃光玩具——

只能交給你見過的歷史去宣判
只能被你所見嚇死，面對樹數到九十九。

看呀，這傢伙和希望之間沒有任何共同點
但他比任何人還要愛這個城市
對稍後會照到你臉上的太陽微笑
也許會對你報以微笑。

但你的確不知道，對嗎？
因為有雲遮住太陽。
如今誰要為誰惜？

6. 藉口 An excuse

破碎的瓶子和他周圍的枴杖
我設身處地為他著想
明白走路本身就是幸福啦等等……

我知道每個孩子都有無法解答的問題
幸福的結局只存在於後窗灰塵中

但首先，就像城市上空飛翔的海鷗
我們必須用石彈逐一狩獵
因為我們在附近所知事情令人懼怕
然而必須去找出問題所在

啊，為了千隻海狸！如果我們不得不死
我們必須死在一起。無論如何——
這不是我來此的原因嗎？
但隨著當地火車沿途轟隆隆

我忘掉從所經過裂牆的
黑板上學到的一切
到家後，全部都從我腦袋丟還啦

首要是必須記住我們的夢想
醒來啦等等，本身就是幸福
那麼我們必須將上空附近的海鷗釋放到海裡去

那傢伙遞酒給我
我必須找個好藉口

工人閱讀疑問
Questions of a worker who reads

1. 旅人閱讀的明信片
Postcards from a traveller who reads

古代愛琴海從第一場乞雨
就說「一切順暢」
但沿河到處
貧窮相同，就像胎記

他說「一切」——甚至連那些
從家門口、從我們不清潔的皮膚到河流
我們認為罪孽和天命的東西都算在內

也許因此，在恒河沐浴的印度人
是已經馴服死亡之輩

至於亞馬遜河，我認為是人類方言
最具權威的詞典

對於丘庫羅瓦工人來說
傑伊漢河[1]是虛構的角色

克澤爾河[2]是
暴躁但有才華的民俗詩人

你注意到阿西河[3]
已經伸手到敘利亞膝上

如果你問我，馬里查河[4]是
在父母之間睡不安寧的孩子

---

[1] 傑伊漢河（Ceyhan），在土耳其中部阿達納省（Adana），流經丘庫羅瓦（Çukurova）平原。
[2] 克澤爾河（Kızılırmak），意為「紅河」，土耳其最長河流。
[3] 阿西河（Asi），是中東跨國河流。發源於黎巴嫩貝卡谷地，向北流 經敘利亞，在土耳其安塔基亞北部薩曼達厄注入地中海。
[4] 馬里查河（Meriç），巴爾幹半島東部大河。發源於保加利亞西南部里拉山脈，流經土耳其、希臘邊境，注入愛琴海。

至於薩卡里亞[5]和蘇蘇魯克[6]
是近親，久久才彼此探訪一次
就像國內庫德族和土耳其兩端的對話

雖然天天一切順暢
底格里斯河和幼發拉底河手牽手
難道你不覺得，很像從非洲運送來的
那些紀念照片中戴著腳鐐的奴隸？

譯自Bill Herbert英譯本

---

[5] 薩卡里亞河（Sakarya），位於土耳其安納托利亞地區，最終注入黑海，是土
耳其第三長河。
[6] 蘇蘇魯克河（Susurluk），也是土耳其安納托利亞地區的河流。

2. 水手閱讀疑問 Questions of a sailor who reads

有人會不拿白色粉筆亂塗黑板
反而去碰波坦金村[7]學校
懸掛旗幟的顏色

或是地中海奴隸船的彩色插圖
或叛艦海員的迷失歌曲嗎？

或者貝伊科茲[8]玻璃工人曾經
用玻璃碎片擦眼睛

在埃於普當船員進入職場時
用苔蘚把心臟弄成木乃伊

當陽光照射蘇萊曼清真寺時

7　波坦金村（Potemkin），指虛飾繁榮的假象。
8　貝伊科茲（Beykoz），伊斯坦堡位於博斯普魯斯海峽在安納托利亞側北端區。

所有歷史學家親眼看到紙張引燃

或者加拉塔大橋還會有些灰塵
落在退休官員從魚身卸下釣鉤的手指上

安全別針使血滴出現在
從公共噴泉回來的兒童黑皮膚上

從未見過大海的移民是真正伊斯坦堡本地人
海景掛在他們的學校走廊裡

而太陽每天照射在清潔婦的眼睛
她在洗窗戶的同一時間摔下來

誰是船長正在想他何時幾乎撞到碼頭？
誰是移民從黑海運送過來的？
誰躺在海底死掉啦
誰冬天在甲板上做愛？

這麼多事件。
這麼多問題。
生命只是一條繩子
在遙遠夢土和碼頭之間拉扯嗎？

譯自Bill Herbert英譯本

遺忘殷錦・齊柏之死
The forgettable death of Engin Çeber

我不認識他
他只是另一篇剪報
只不過多看他幾秒
我不認識殷錦・齊柏
我們把同樣的哀傷面具
放在死者臉上
他名字是殷錦嗎？姓齊嗎？
我們何時已習慣於死亡？
生命何時變成
熟悉的外來語文字？

我沒有問過誰是殷錦・齊柏，甚至不在乎
這成為我的罪惡感
我甚至視若無睹
那種儀式空洞，安慰劑糖漿

我們正在乞求的豪雨
遺忘的雲
我心靈的傀儡師，內心的守護者
這成為我分擔
常見的罪行

我們從來不知道殷錦‧齊柏是誰
他的出生、成長
在警察局遭受酷刑致死細節
在我早報中有報導

我確信他不怕死，
而是無人理解
這不是他的孤單，是我們

我想聽聽他最後的心跳，觸及
他凝視的最後目標，想知道他最後的遺言
或是他最後在何時笑──我只想知道這些事

朋友說你喜歡笑，從來沒有脫帽過
但你在獄中照片裡光著頭
我對你好奇。我想瞭解你。例如，
你最後在思考什麼？思念以前的戀人嗎？
你是否擔心父親
正要去探視──說是令尊──？
或是否想過盡快離開那裡？
他們說你很快樂
我不瞭解你，殷錦，你看，
你真的這麼熱愛生命嗎？

否則不會傷害我們那麼大
這張臉在早報上
你留給我們傷心與抗爭之間的
縫隙不會瞞騙我們
你身後遺留空隙
無法取暖
儘管有那麼多隻手

那麼多言辭，那麼多紅花苜蓿
所有的手都為你扶棺

你毫無疑問充滿生機
——我們都知道，不必多說——
我要趕快從衣櫥裡挑出一頂帽子
你無帽的照片就在我面前
我不知道你要穿什麼樣的服裝？
你看，我們真的還不瞭解你
你和遺忘殷錦‧齊柏之死。

2008年11月30日
譯自Merve Tezcanlar和Raman Mundair英譯本

交換
Swap（2006）

初學者之初 *Beginning for beginners*

一旦我開始有身份
我不再往下看，告訴妳
請直視我的眼睛
讓妳順心。而妳說過
情人總是因留下眼影
而被逮住

一旦妳開始討厭
規矩、與鄰居通電話、虛偽演講
那就繼續關門吧，求心安理得

妳的心尚年輕，無法進入
任何法定娛樂場所。
但是，我不拐彎抹角，看吧
因為很難談論舊火焰
像五彩紙屑一樣飛撒全部談話
讓妳稱心如意

感動也需要一些才華
而妳用手觸碰某人
他的降落傘
還沒打開，妳已經度過一生
擋住地面。就讓這些
寫在犯罪史上吧

我不知道海是什麼顏色
直到我在妳身邊醒來——我出生
在海岸——第一次看到海
是否適合可敬的淑女
讓男人如此震驚？

像西洋雙陸棋，我輸掉啦
自己翻開看
「二敗一平手」

算了吧。我在某處讀到

所有激情犯罪開始時
都有一雙蛇眼。
雖然我還是白白在打滾，
適合穿紅裙的女人
正在信步走出
現場。我知道是妳，
領教到妳的不屑。

一旦我開始有身份
我不再往回看。妳不該。
然而，妳有時會想念我，在妳想念時
記住我們初次約會讓妳稱心
因為所有情人都回到
犯罪現場

親愛的，我可有
這種犯罪的快慰嗎？

現實性 *Reality*

每天早上
我熨燙舊愛的回味
視同道德律

我自問
同樣幼稚的問題

我隨時
備妥妳的照片
藍色床單上的外星人
正如安靜藍湖上的海盜

我的生活是
填字遊戲
像永晝
最後第三夜

有時我們相遇——

你還穿同樣棕色開襟羊毛衫……
那天我像迷途小孩團團轉
妳帶我去獨立大道的擎天神商場
當然，妳沒有牽我的手

我們在秋天的港口咖啡館
喝完茶的時候
兩人都鬆了一口氣
因為根本沒有談到我們

我知道，現實性只能
被雛菊花所軟化
我未為你買過
而剛剛
開始下起秋天
第一場雨

譯自James Vella英譯本

看著妳 *Looking at you*

把烏龜翻身，小女孩跑掉啦
烏龜第一次看到天空

譯自Raman Mundair英譯本

詩人簡介
About the poet

　　葉飛‧杜揚（Efe Duyan），1981年出生於土耳其伊斯坦堡。自2009年起，應邀參加許多研討會、讀詩會和國際組織，包括在哥本哈根的土耳其詩晚會、世界快捷方案（Word-Express Project，若干巴爾幹國家讀詩系列）、愛丁堡書展、倫敦書展、柏林詩歌節、洛德夫（Lodeve）詩歌節、里加詩節日、馬爾他İnizjamed文化基金會詩歌節、特蘭西瓦尼亞（Transylvania）詩歌節、威尼斯世界文字節、索非亞詩慶典、基希訥烏（Chisinau）詩歌節、在不列顛的敵對方案兼歐洲詩夜、以色列沙爾（Shaar）詩歌節、突尼西亞西迪布塞（Sidi Bou Said）詩歌節（在此與譯者結識）、威尼斯播種方案、布拉索夫（Brasov）歐洲

詩雙年展、瑞士筆會作家節日在日內瓦的監獄會議、克羅埃西亞戈蘭（Goran）春節、在安特衛普的費利克斯（Felix）詩歌節、在捷克、波蘭和烏克蘭的斯洛伐克作家讀書月會系列，墨西哥市詩歌節、迪旺：柏林——伊斯坦堡方案、在柏林的歐洲電視網詩系列、伊茲密爾文學節、美國愛荷華大學國際作家駐校、聖路易斯大學赫斯特（Hurst）客座教授職位。

曾在卡佛斯卡里（Ca-Foscari）大學、亞特蘭大大學、附屬於波士頓馬薩諸塞大學的喬治華盛頓大學，擔任短期學者，作有關詩的客座演講。

部份詩作譯成波斯尼亞語、捷克語、華語、克羅埃西亞語、丹麥語、荷蘭語、英語、愛沙尼亞語、法語、希臘語、德語、希伯來語、匈牙利語、義大利語、日語、庫德語、拉脫維亞語、立陶宛語、羅馬尼亞語、馬其頓語、馬爾他語、奧西唐語、波蘭語、斯洛維尼亞語、斯洛伐克語、西班牙語、瑞典語、烏克蘭語、威爾斯語。

譯詩作品包括羅馬尼亞女詩人拉度・萬堀（Radu Vancu）、德國詩人馬提亞斯・郭力孜（Matthias Göritz）、美國詩人羅一德・施瓦茲（Lloyd Schwartz）的詩集。

曾與英國、法國、義大利、以色列、保加利亞、德國、瑞典、荷蘭、日本、匈牙利詩人，以及伊斯坦堡網外國際詩歌節、土耳其裔美國人詩節日和土耳其加濟安泰普（Gaziantep）國際詩歌節，合辦詩研討會。目前是鹿特丹詩基金會內詩國際檔案的土耳其共同編輯、美國北卡羅來納州納茲姆‧希克梅特（Nâzım Hikmet）詩歌節顧問。

　　詩獲選入土耳其詩選《紙船》（Paper Ship，英國2013年）、歐洲詩選《大旅行》（Grand Tour，德國2019年）、《歐洲詩──21世紀詩選》（Euorpoesie，英國2019年）。

　　曾擔任文學雜誌《樂觀》（Nikbinlik, 2000～2005）、《藝術前線》（Sanat Cephesi, 2006～2010）、《伊斯坦堡網外雜誌》（Istanbul Offline Magazine, 2016～2019）編輯委員。評論著作有《納茲姆‧希克梅特詩中的特性結構》（2008年）。編輯過當代詩選《一對一》（Bir Benden Bir O'ndan）（2010年）。

　　出版詩集《交換》（Takas, 2006）、《一詩屹立》（Tek Şiirlik Aşklar, 2012）和《常遇到的問題》（Sıkça

Sorulan Sorular, 2016）。本漢譯詩集《街頭詩》（Poetry on the Street）即從此三集編譯成英譯轉譯。

　　目前在伊斯坦堡的米馬爾・錫南（Mimar Sinan）美術大學教建築史。

譯者簡介
About the translator

　　李魁賢，1937年生，1953年開始發表詩作，曾任台灣筆會會長，國家文化藝術基金會董事長。現任國際作家藝術家協會理事、世界詩人運動組織副會長、福爾摩莎國際詩歌節策畫。詩被譯成各種語文在日本、韓國、加拿大、紐西蘭、荷蘭、南斯拉夫、羅馬尼亞、印度、希臘、美國、西班牙、巴西、蒙古、俄羅斯、立陶宛、古巴、智利、尼加拉瓜、孟加拉、馬其頓、土耳其、波蘭、塞爾維亞、葡萄牙、馬來西亞、義大利、墨西哥、摩洛哥等國發表。

　　出版著作包括《李魁賢詩集》全6冊、《李魁賢文集》全10冊、《李魁賢譯詩集》全8冊、翻譯《歐洲經

典詩選》全25冊、《名流詩叢》42冊、回憶錄《人生拼圖》和《我的新世紀詩路》，及其他共二百餘本。英譯詩集有《愛是我的信仰》、《溫柔的美感》、《島與島之間》、《黃昏時刻》、《給智利的情詩20首》、《存在或不存在》、《彫塑詩集》、《感應》、《兩弦》和《日出日落》。詩集《黃昏時刻》被譯成英文、蒙古文、俄羅斯文、羅馬尼亞文、西班牙文、法文、韓文、孟加拉文、塞爾維亞文、阿爾巴尼亞文、土耳其文、德文，以及有待出版的馬其頓、阿拉伯文等。

　　曾獲吳濁流新詩獎、中山技術發明獎、中興文藝獎章詩歌獎、比利時布魯塞爾市長金質獎章、笠詩評論獎、美國愛因斯坦國際學術基金會和平銅牌獎、巫永福評論獎、韓國亞洲詩人貢獻獎、笠詩創作獎、榮後台灣詩獎、賴和文學獎、行政院文化獎、印度麥氏學會詩人獎、台灣新文學貢獻獎、吳三連獎新詩獎、台灣新文學貢獻獎、蒙古文化基金會文化名人獎牌和詩人獎章、蒙古建國八百週年成吉思汗金牌、成吉思汗大學金質獎章和蒙古作家聯盟推廣蒙古文學貢獻獎、真理大學台灣文學家牛津獎、韓國高麗文學獎、孟加拉卡塔克文學獎、馬其頓奈姆・弗拉謝里文學獎、秘魯特里爾塞金獎和金幟獎、台灣國家文藝獎、

印度普立哲書商首席傑出詩獎、蒙特內哥羅（黑山）
共和國文學翻譯協會文學翻譯獎、塞爾維亞國際卓越
詩藝一級騎士獎。

作者葉飛・杜揚（Efe Duyan）
與譯者李魁賢合照

語言文學類　PG2606　名流詩叢40

街頭詩

作　　　者／葉飛‧杜揚（Efe Duyan）
譯　　　者／李魁賢（Lee Kuei-shien）
責任編輯／楊岱晴
圖文排版／蔡忠翰
封面設計／王嵩賀

發 行 人／宋政坤
法律顧問／毛國樑　律師
出版發行／秀威資訊科技股份有限公司
　　　　　114台北市內湖區瑞光路76巷65號1樓
　　　　　電話：+886-2-2796-3638　傳真：+886-2-2796-1377
　　　　　http://www.showwe.com.tw
劃撥帳號／19563868　戶名：秀威資訊科技股份有限公司
　　　　　讀者服務信箱：service@showwe.com.tw
展售門市／國家書店（松江門市）
　　　　　104台北市中山區松江路209號1樓
　　　　　電話：+886-2-2518-0207　傳真：+886-2-2518-0778
網路訂購／秀威網路書店：https://store.showwe.tw
　　　　　國家網路書店：https://www.govbooks.com.tw

2021年8月　BOD一版
2021年8月　BOD二版
定價：220元
版權所有　翻印必究
本書如有缺頁、破損或裝訂錯誤，請寄回更換

讀者回函卡

國家圖書館出版品預行編目

街頭詩/葉飛.杜揚原著；李魁賢譯. -- 一版. --
-臺北市：秀威資訊科技股份有限公司，
2021.08
　　面；　公分. -- (語言文學類；PG2606)(名流
詩叢；40)
　　BOD版
　　譯自 : Poetry on the street
　　ISBN 978-986-326-915-1(平裝)

864.151   110009130